啄木鳥兄弟

• 錢欣葆 著 •

目次
Contents

啄木鳥兄弟

森林裡有一條日夜流淌的小溪，小溪兩岸林木茂盛，生意盎然。有一對啄木鳥兄弟負責幫大樹治病，哥哥負責東邊，弟弟負責西邊。

　　兩兄弟每天從早到晚，盡心盡力為生病的大樹除害蟲。因此在森林王國的熱愛家園表揚大會上，兩兄弟被評為「模範森林衛士」，並獲得最高榮譽獎牌。

啄木鳥哥哥每天持續為大樹除害蟲，「咚咚咚」的啄木聲在森林中四處迴盪。

而啄木鳥弟弟則把閃亮的金牌掛在身上，每天一樣早出晚歸，不斷的跟夥伴們述說著表揚大會的盛況和獲獎感想，場場演講都獲得滿堂喝采。

啄木鳥哥哥一邊為大樹治病，一邊鑽研治病技術，所以他的醫術越來越高明，可以根據敲擊樹木發出的不同聲音，準確的判斷害蟲的藏身處，乾淨俐落的啄開一個小洞並抓住害蟲。

啄木鳥弟弟每天出門演講，演講的內容也越來越精彩。因此啄木鳥弟弟變成了演講明星，每次演講後都有豐厚的報酬跟美味的佳餚可以享用。

光陰似箭，半年的時間匆匆過去了。啄木鳥哥哥負責的小溪東邊的樹木長得鬱鬱蔥蔥，非常健康。

　　啄木鳥弟弟負責的小溪西邊的樹木有著許多害蟲，因為沒有得到即時的醫治，有不少枝葉枯黃，奄奄一息。有些樹木甚至於已經被害蟲蛀空，倒在地上。

啄木鳥弟弟見到自己負責的樹木病況嚴重，才想到要開始為他們治病。因為害蟲太多，還得請哥哥到重災區協助。

　　弟弟在生病的大樹上想啄開一個洞，沒想到啄了很久也啄不出洞來，還一直抱怨樹幹變得比以前更硬。

啄ㄓㄨㄛ木ㄇㄨ鳥ㄋㄧㄠˇ哥ㄍㄜ哥ㄍㄜ說ㄕㄨㄛ：「不ㄅㄨˋ是ㄕˋ樹ㄕㄨˋ幹ㄍㄢˋ變ㄅㄧㄢˋ硬ㄧㄥˋ，而ㄦˊ是ㄕˋ你ㄋㄧˇ啄ㄓㄨㄛ木ㄇㄨˋ的ㄉㄜ功ㄍㄨㄥ夫ㄈㄨ退ㄊㄨㄟˋ步ㄅㄨˋ了ㄌㄜ啊ㄚ！」

啄ㄓㄨㄛ木ㄇㄨ鳥ㄋㄧㄠˇ哥ㄍㄜ哥ㄍㄜ告ㄍㄠˋ誡ㄐㄧㄝˋ弟ㄉㄧˋ弟ㄉㄧ：「獲ㄏㄨㄛˋ得ㄉㄜˊ榮ㄖㄨㄥˊ譽ㄩˋ是ㄕˋ件ㄐㄧㄢˋ好ㄏㄠˇ事ㄕˋ，但ㄉㄢˋ不ㄅㄨˋ應ㄧㄥ該ㄍㄞ因ㄧㄣ此ㄘˇ而ㄦˊ自ㄗˋ滿ㄇㄢˇ，更ㄍㄥˋ應ㄧㄥ該ㄍㄞ保ㄅㄠˇ持ㄔˊ平ㄆㄧㄥˊ常ㄔㄤˊ心ㄒㄧㄣ，想ㄒㄧㄤˇ想ㄒㄧㄤˇ自ㄗˋ己ㄐㄧˇ不ㄅㄨˋ足ㄗㄨˊ之ㄓ處ㄔㄨˋ，並ㄅㄧㄥˋ繼ㄐㄧˋ續ㄒㄩˋ努ㄋㄨˇ力ㄌㄧˋ磨ㄇㄛˊ練ㄌㄧㄢˋ技ㄐㄧˋ術ㄕㄨˋ。」

智慧閃光

有人把榮譽作為炫耀的資本，有人把榮譽作為再創輝煌的動力。

烏ㄨ鴉ㄧㄚ和ㄏㄜˊ野ㄧㄝˇ豬ㄓㄨ

烏鴉因為羨慕孔雀有五光十色漂亮的羽毛，而自己只有黑色的羽毛，所以一直不願意和孔雀一起玩，一起做朋友。

烏鴉看到漂亮的梅花鹿跟黑毛野豬遠遠一起走過來，烏鴉心裡想著，梅花鹿柔順發亮的毛皮在太陽照射底下閃閃發光，真是好看。

　　由於嫉妒心作祟，烏鴉沒有稱讚梅花鹿，卻反而稱讚野豬說：「野豬你好，你身上烏黑發亮的毛真是越來越漂亮了！」

野豬聽了烏鴉的話，高興到得意忘形，他說：「烏鴉你好，你黑色的羽毛也是越來越美麗！」他指著旁邊的孔雀跟梅花鹿說：「像這種花花綠綠的羽毛跟斑點的皮毛都過於花俏，黑色才是最漂亮、最高貴的，誰也比不上！」

　　烏鴉聽野豬這麼說，便也跟著一邊誇獎對方，一邊貶抑孔雀跟梅花鹿的毛色。

孔雀對梅花鹿說：「原來我並不覺得烏鴉和野豬黑色的羽毛與毛皮不漂亮，但是他們剛剛相互吹捧並且貶低我們的行為卻讓我感到討厭和噁心。」

　　梅花鹿坦然一笑，說：「實際上他們是因為沒有自信而感到自卑，所以才會吹捧自己、貶低別人。」

智ㄓˋ 慧ㄏㄨㄟˋ 閃ㄕㄢˇ 光ㄍㄨㄤ

與ㄩˇ 朋ㄆㄥˊ 友ㄧㄡˇ 交ㄐㄧㄠ 往ㄨㄤˇ 外ㄨㄞˋ 表ㄅㄧㄠˇ 是ㄕˋ 否ㄈㄡˇ 漂ㄆㄧㄠ 亮ㄌㄧㄤˋ 並ㄅㄧㄥˋ 不ㄅㄨˊ 重ㄓㄨㄥˋ

要ㄧㄠˋ， 內ㄋㄟˋ 在ㄗㄞˋ 的ㄉㄜ˙ 美ㄇㄟˇ 麗ㄌㄧˋ 才ㄘㄞˊ 是ㄕˋ 最ㄗㄨㄟˋ 重ㄓㄨㄥˋ 要ㄧㄠˋ 的ㄉㄜ˙！

兔子和長尾猴

森林裡住著許多大大小小各種的動物，而這些動物們可能互相都不認識。

　　小兔子和長尾猴他們從來沒有見過面，有一天，他們在小溪旁偶然相遇。

兔子仔細打量長尾猴的長尾巴，用異樣的眼光說：「我從來沒有見過尾巴這麼長的動物呢。」

　　長尾猴看了看兔子的短尾巴，忍不住笑了出來，他說：「我也從來沒有看過尾巴像你這麼短的動物呢。」

兔子說：「尾巴這麼長拖在地上應該很不方便，萬一不小心被人踩到還很危險！」

長尾猴故意把長長的尾巴在兔子面前晃動，一邊說：「我的尾巴既漂亮又實用，短短的尾巴才無用又難看！」

老松鼠路過，看見兔子和長尾猴為了尾巴吵個不停，於是對他們說：「你們不要再吵了，請你們把自己尾巴的優點和作用說明清楚，我再來評評理。」

長尾猴說：「我在森林中跳躍擺盪的時候，長尾巴可以幫忙保持身體的平衡；爬樹的時候，長尾巴可以像手一樣攀住樹枝，也可以用它來摘水果或是驅趕討厭的蚊蟲。長尾巴的用處可是多著呢！」

兔子說：「我的尾巴雖然短，但站立跟跳躍的時候一樣可以幫助維持平衡；更厲害的是，萬一遇到猛獸咬住尾巴時，我可以使用『脫皮計』將尾巴的皮套脫掉逃走。因此輕巧的短尾巴最適合我了！」

聽完長尾猴和兔子各自的陳述後，老松鼠說：「長尾巴功能多，對長尾猴來說再適合不過了；短尾巴也最能夠保護兔子。無論長短，它們都各有不同的功能，都是你們與生俱來的寶貝。你們應該多了解對方，知道彼此的優點，而不應該嘲笑對方。」

　　兔子和長尾猴聽完老松鼠的教誨後，覺得相當羞愧，於是誠懇的向對方道歉。後來，他們成為很好的朋友。

智慧閃光

用自己的標準去衡量別人是極其荒謬的。

青蛙成名後

有一隻小青蛙捕捉害蟲的本領特別厲害，每天抓的害蟲比夥伴們多很多，大家都十分佩服他。

　　青蛙國王知道這隻小青蛙的能力後，頒發了一塊「傑出菁英」的金牌給他。很快的小青蛙名聲遠播，成了青蛙們心目中的偶像，紛紛邀請他去演講，介紹他抓蟲的技術。

音樂協會會長知道「菁英青蛙」歌聲嘹亮，名氣也大，所以邀請他當協會副會長，希望他能當青蛙歌唱大賽的評審。

跳躍協會會長因為年紀大了，年老多病，不能再擔任會長，所以也邀請「菁英青蛙」來當會長，希望他能處理協會繁瑣的事務。

接著游泳協會也來邀請他擔任協會顧問，希望藉由他的人氣，出席各種會議，打響協會名氣。

「菁英青蛙」因為名氣大，無論走到哪裡，每天都有許多人想邀請他吃飯。他每天吃吃喝喝，吃到肚子撐得鼓鼓的。沒有多久，他就變成了一隻胖青蛙。

　　「菁英青蛙」頂著圓滾滾的肚子，參加跳躍協會的會議，沒跳幾下就累得氣喘吁吁，夥伴們見了都替他擔心。

　　有一天，青蛙國王見到「菁英青蛙」，已經胖到幾乎認不出他來。

國王問他：「你獲得金牌後，都做些什麼事情呢？」

「菁英青蛙」說：「我獲獎後比以前更忙碌！擔任了音樂協會副會長、跳躍協會會長，游泳協會顧問。還要應邀到各地介紹抓蟲技術，每天都忙到不可開交。」

國王聽完小青蛙的回答後，調侃的說：「除了你剛才說的事情以外，你還要出席各種宴會，確實很忙。我想再頒一塊獎牌給你，『不務正業』獎牌，應該很適合現在的你！」

智慧閃光

不要貪圖虛名，要實實在在的做事。智者要有所為，有所不為。

小ㄒㄠ熊ㄒㄩㄥ抬ㄊㄞ水ㄕㄨㄟ

熊媽媽和兩個孩子在家門口空地上種了許多花草，每年春天花草茂盛，萬紫千紅分外美麗。

　　有一天，熊媽媽忙著做早餐，熊大和熊二負責抬水桶去小溪邊裝水，準備抬回家給花草澆水。

熊大因為急著回家吃早餐，所以在前面走的很快，熊二則在後面緊緊的跟著，因為走得又急又快，水桶不停的左右晃動。

一不小心，熊二摔了一跤，不但把水桶摔破了，水也流光了。

熊大看到熊二摔跤後，不但沒問他是否有受傷，反而責備他說：「你怎麼這麼不小心，把水桶都摔壞了！」

　　熊二一邊揉著摔疼了的屁股一邊生氣的說：「我摔倒是因為你在前面走得太快，現在連水桶都摔壞了，這都要怪你！」

　　熊大不服氣的說：「我走得快又不是我的錯，是你跟不上我的速度才摔倒，現在水桶也破了，這全部都要怪你！」

熊二氣憤的說：「我摔倒都怪你！水桶摔壞也怪你！」

　　熊大指著熊二的鼻子怒氣沖沖的說：「是你自己跌倒了，卻把責任推給我，真是豈有此理！」

　　在回家的路上，兄弟兩人就這樣一直互相指責對方。

熊大和熊二回家見到媽媽，爭先恐後衝上去指責對方並為自己辯解。

　　熊媽媽嘆了一口氣說：「看到你們這樣，我真的很傷心啊！」

　　熊大指著摔壞的水桶，說：「這麼好的水桶摔破了，難怪媽媽會痛心！」

　　熊二拿起摔壞的水桶，說：「買新的水桶得花不少錢，難怪媽媽會傷心！」

熊媽媽語重心長的說：「水桶壞了可以修理或是買新的，但是我痛心的是你們有錯不但沒有勇於認錯承擔責任，還一直把責任推給對方，一點擔當也沒有。」

熊媽媽說：「以後你們的人生還要經歷很多的事情，兄弟間應該要互相體諒、互相幫忙，如果只是互相指責，兄弟遲早反目成仇，這才是我最痛心、最擔心的事啊！」

智慧閃光

拋開推諉指責，學會勇於擔當。

刺蝟媽媽的告誡

刺蝟媽媽有三個活潑可愛的孩子，他們跟媽媽學習了很多生存的本領，對未來的生活充滿信心。

有一天，刺蝟媽媽把三個孩子叫到身邊，對他們說：「你們都已經長大了，不能老是跟在媽媽身邊，應該各自出去獨立生活。」

小刺蝟們心裡雖然不捨，但也都乖乖的聽媽媽的話，準備去過獨立的生活。

刺蝟媽媽說：「雖然我真的捨不得你們離開，也會為你們擔心，但是這是必經的過程。在你們離開之前，我要先考考你們一個問題。」

刺蝟媽媽問老大說：「外面誰是最大的敵人？」老大脫口而出：「最大的敵人是兇猛的老虎，森林裡的動物都怕他。」

刺蝟媽媽說：「老虎確實凶猛，但是你只要縮成一個刺球，他就束手無策。俗話說：『老虎吃刺蝟，無從下口。』」

老二接著回答說：「最大的敵人是眼鏡蛇。眼鏡蛇陰險狠毒，如果被他攻擊到腹部，十分危險。」

刺蝟媽媽說：「眼鏡蛇確實陰險狡猾，但是只要你提高警覺，蜷縮成刺球向他滾過去，他也只能嚇得落荒而逃。」

　　老三想了想說：「最大的敵人是黃鼠狼，他放的毒氣會讓我們昏迷，失去防禦能力。」

　　刺蝟媽媽說：「黃鼠狼放出的臭氣會讓你昏迷，然後他就可以攻擊我們沒有刺的腹部，確實是很危險的敵人。但是只要見到他的身影就趕快躲開藏起來，他找不到你，也就沒有辦法攻擊你。」

老大疑惑不解，問道：「那我們獨立生活後，最大的敵人究竟是誰呢？」

刺蝟媽媽說：「當你們自己獨立生活後，發現只要蜷縮成刺球時，就算是老虎、眼鏡蛇或是黃鼠狼都無法傷害你時，千萬不可以認為自己很厲害而驕傲起來。一旦放鬆警戒，隨時都有可能發生危險！敵人不可怕，最可怕的敵人其實是自己！唯有戰勝自己，才能在這個充滿競爭的世界生存。」

智ㄓˋ慧ㄏㄨㄟˋ閃ㄕㄢˇ光ㄍㄨㄤ

在ㄗㄞˋ一ㄧˋ帆ㄈㄢˊ風ㄈㄥ順ㄕㄨㄣˋ和ㄏㄜˊ成ㄔㄥˊ功ㄍㄨㄥ的ㄉㄜ˙時ㄕˊ候ㄏㄡˋ更ㄍㄥˋ應ㄧㄥ該ㄍㄞ

要ㄧㄠˋ戒ㄐㄧㄝˋ慎ㄕㄣˋ恐ㄎㄨㄥˇ懼ㄐㄩˋ。

孔雀的煩惱

森林中有一條潺潺流淌的小溪，小溪旁邊鬱鬱蔥蔥的榕樹林是鳥兒們的家，各種各樣的鳥兒在這裡快樂的生活。

　　孔雀路過榕樹林，這裡的鳥兒們還是第一次看到孔雀，都被他五彩繽紛的羽毛吸引，紛紛熱情的打招呼。孔雀覺得榕樹林風光秀麗，大家也都這麼喜歡自己，便決定在這裡住了下來。所以他便常常在小溪邊的草地上，為鳥兒們表演精彩的開屏舞，經常得到大家的讚賞。

有一天，孔雀在小溪邊喝水，他不小心聽見黃鸝和雲雀在樹叢後面議論自己。

黃鸝說：「孔雀的羽毛是很漂亮，但是嗓子卻很一般。」

雲雀說：「孔雀的羽毛確實漂亮，但是飛不高也飛不遠。」

孔雀聽了黃鸝和雲雀的議論後，心中十分煩惱，自己一個人在榕樹下生悶氣。

鸚鵡看見孔雀悶悶不樂，關心的問他為什麼不開心，孔雀把剛才聽到的議論一五一十的告訴了鸚鵡。

　　孔雀對鸚鵡說：「我才剛來不久，就有鳥兒在背後說我的壞話，看來這裡不大歡迎我，我還是趁早離開好了。」

　　鸚鵡對孔雀說：「他們在背後議論當然是不對的，但是他們說的內容並沒有什麼惡意，你不必過於在意，其實大家還是挺喜歡你的。」

孔雀說：「我一直嚴格要求自己，努力讓自己做得完美。沒有想到在黃鸝他們眼裡，我其實是不完美的，我真的是太傷心了。」

　　鸚鵡說：「你無須管別人的評論，不必煩惱也不需要耿耿於懷。你要有寬闊的胸襟坦然面對，更何況這世界上沒有哪隻鳥兒是十全十美的。」

智慧閃光

世界上沒有完美的人，不必過分在意別人的評價。

奔跑的小企鵝

企鵝夫婦有兩個孩子，他們活潑可愛，惹人喜歡。

　　企鵝媽媽負責看護孩子，企鵝爸爸則負責捕魚，餵養孩子們。

　　但是每次企鵝爸爸叼著魚回來，只會先給孩子們看一眼，然後就叼著魚轉身飛快離開。

　　企鵝媽媽對孩子們說：「快去追爸爸，誰先追上，魚就給誰吃。」

兩隻小企鵝為了吃魚，追著爸爸飛快奔跑。

哥哥跑得快，於是企鵝爸爸把魚給了哥哥，弟弟只能看著哥哥津津有味的吃著魚，口水直流。

企鵝爸爸又撲通跳入大海，一會兒便又抓到一條魚。兩隻小企鵝見了，連忙向爸爸飛奔過去。

這次弟弟跑在哥哥前面，眼看就要追上爸爸了，卻突然腳下一滑，摔了一跤。哥哥趁機衝上去將爸爸叼著的魚搶了過去。

弟弟對爸爸跟媽媽抱怨：「哥哥已經吃了第一條魚，第二條魚又被他吃了！我比較小，當然跑得慢，如果每次都是誰先追到誰吃魚，這樣很不公平！」

　　企鵝爸爸說：「我捕到魚後故意叼著魚讓你們追趕，這不是在跟你們玩，其實是為了讓你們知道，不能養成『魚來張口』的壞習慣。同時培養你們的競爭意識，鍛鍊你們的奔跑速度。」

弟弟說：「跑得慢就吃不到魚，這樣的競爭未免也太殘酷了。」

　　企鵝媽媽對弟弟說：「海洋的世界充滿競爭，如果沒有努力拚搏的勇氣和力量，就很難生存。如果只是一味的溺愛，只會害了你。所以必須從小就培養你們的競爭意識和進取精神。」

智慧閃光

不要害怕競爭，要把競爭當做自己前進的動力。

不ㄅㄨˋ會ㄏㄨㄟˋ游ㄧㄡˊ泳ㄩㄥˇ的ㄉㄜ˙野ㄧㄝˇ兔ㄊㄨˋ

夏天到了，森林裡的氣溫越來越高，許多動物都到溪邊玩水消暑。

　　松鼠一邊在小溪中游泳，一邊對岸邊吃草的野兔說：「溪水真的很涼快，快下來一起玩水吧！」

野兔搖搖頭，說：「我不喜歡弄溼我的毛皮，而且我也不會游泳。」

　　松鼠聽到野兔竟然不會游泳，露出奇怪的表情，他說：「真是太奇怪了，森林裡其他兔子都會游泳，你怎麼不會呢？」

　　野兔以為松鼠在嘲笑他，所以故意不屑的說：「游泳一點意思也沒有，只會把我弄得溼答答。我不需要，也不想學。」

松鼠上了岸，對野兔說：「學會游泳的好處不少，不但可以鍛鍊身體，也可以游過小溪到對岸去跟朋友玩。你不會游泳，實在太不方便了。」

　　野兔指著不遠處的野豬，說：「野豬是我的朋友，我可以趴在他的背上讓他帶我過溪，一點兒也不會不方便啊！」

松鼠又問：「你常在溪邊吃草、喝水，萬一不小心掉入水中，你又不會游泳，實在很危險啊！」

　　野兔指著在溪邊喝水的大象，說：「大象是我的朋友，萬一我不小心掉入小溪中，我一呼救，大象就會伸出長長的鼻子把我從水中拉上來，不會有事的！」

松鼠對野兔說：「學習游泳是生活和生存的必需，如果你一直心存僥倖，只會依賴別人，實在是太危險了！」

　　野兔對於松鼠說的話一點兒也不在意，只是把它當成耳邊風。

有一天，突然烏雲密布，電閃雷鳴，轟隆隆下起大雨，在溪裡玩耍的動物們急急忙忙的往岸上爬。野兔剛好在溪邊喝水，被動物們慌亂一擠，就掉進小溪裡去了。

此時溪水暴漲，不會游泳的野兔在溪水裡拚命掙扎，大喊救命。但呼救聲被轟隆隆的雨聲與雷聲淹沒，誰也沒有聽到。

不會游泳的野兔在水中掙扎了一會兒，就沉入水裡，再也沒有浮上來。

智ㄓˋ慧ㄏㄨㄟˋ閃ㄕㄢˇ光ㄍㄨㄤ

命ㄇㄧㄥˋ運ㄩㄣˋ要ㄧㄠˋ靠ㄎㄠˋ自ㄗˋ己ㄐㄧˇ掌ㄓㄤˇ握ㄨㄛˋ，不ㄅㄨˋ能ㄋㄥˊ寄ㄐㄧˋ望ㄨㄤˋ於ㄩˊ
別ㄅㄧㄝˊ人ㄖㄣˊ。

狐ㄏㄨ狸ㄌㄧ的ㄉㄜ新ㄒㄧㄣ房ㄈㄤ

小熊在山坡上蓋了一棟又漂亮又牢固的新房子，邀請金絲猴來做客。金絲猴參觀後，直誇小熊聰明又能幹！

　　狐狸聽到金絲猴對小熊的誇獎，心裡很不服氣，心裡想著：「小熊把房子蓋在山坡上，光是每天往返小溪取水、捕魚，就要走很長的路，浪費很多時間。金絲猴說他聰明，實在是一隻笨熊哪！」於是狐狸便決定將自己的房子蓋在小溪邊。

有一天，小熊在溪邊取水後，挑著水氣喘吁吁的向山坡上的新房走去。狐狸正巧碰到他，便用嘲諷的口氣說：「金絲猴竟然誇讚你聰明，在我看來，你是最愚蠢的動物。」

狐狸新房蓋好後也邀請金絲猴來參觀，金絲猴說：「房子蓋得不錯，但是小溪邊地勢低，實在很不安全啊，我勸你趕快搬走比較好！」

　　狐狸聽不進金絲猴的勸告，高傲的說：「住在小溪邊，不僅取水、找食物方便，而且開門就可以看到清澈的溪水，風景特別優美。」

　　「你的意思是說我在小溪邊建新房是件愚蠢的事；而小熊在山坡上建新房才是聰明？」狐狸說完話，「砰」的一聲關上了大門，躺在床上生悶氣。

森林裡一連下了三天暴雨，山洪暴發，溪水猛漲。

　　狐狸的新房被洪水給沖走了，狐狸在激流裡掙扎了許久，好不容易才爬到山坡上。

　　金絲猴看著渾身溼答答的狐狸，說：「你的新房被洪水沖走了，而小熊的新房卻安然無恙。你自作聰明，聽不進忠告，固執己見，這是更大的愚蠢啊！」

智慧閃光

自以為聰明而嘲笑他人，其實暴露了自身的愚昧與無知。

孤ㄍㄨ芳ㄈㄤ自ㄗ賞ㄕㄤ的ㄉㄜ山ㄕㄢ雞ㄐㄧ

森林裡有一隻年輕的山雞，身上的羽毛五顏六色，還有長長的漂亮尾羽。山雞十分喜歡自己的羽毛，常常到小溪邊欣賞自己在水中的美麗倒影。

山雞看到黑漆漆的烏鴉，說：「你的羽毛實在很難看，我替你感到悲哀。你看，我的羽毛色彩豔麗，多麼漂亮！」

烏鴉沒有理會山雞，頭也不回的飛走了。

山雞見百靈鳥在樹上唱歌，大聲對他說：「你羽毛的顏色也太黯淡了，我替你感到可悲。你看，我的羽毛色彩豔麗，多麼漂亮！」

百靈鳥也沒有理會山雞，繼續唱他的歌。

山雞看到孔雀正打開五光十色彩屏，為動物們表演孔雀舞。他心裡想：「我羽毛的顏色也不比你差，只要我開始表演，就一定會贏得大家的讚嘆！」於是山雞便在孔雀旁邊振翅吸引觀眾的目光。

　　因為山雞的搗亂，孔雀停止表演，觀眾們一哄而散，誰也沒有理會山雞，山雞只好垂頭喪氣的離開。

　　山雞來到溪邊看著自己的身影，他自言自語的說：「我有這麼漂亮的羽毛，為什麼大家都不欣賞我呢？」

山雞的話被樹上的啄木鳥聽到，他對山雞說：「你只懂得欣賞自己，自鳴得意，還常常批評別人。如果你不懂得尊重和欣賞別人，別人又怎麼會欣賞你呢？」

　　山雞委屈的說：「我的羽毛確實比烏鴉和百靈鳥漂亮啊！」

　　啄木鳥說：「烏鴉是捕捉害蟲的能手，百靈鳥的歌聲遠近聞名，孔雀的美麗彩屏讓大家得到視覺的享受。每個動物都有他們各自的長處，你不能只是一味的孤芳自賞，蔑視他人。你要學會用包容豁達的胸懷和真誠的態度對待夥伴，更要學會欣賞別人，在別人身上找到自己的不足！」

智慧閃光

要別人欣賞自己，首先得學會欣賞別人。

愛ㄞˋ撒ㄙㄚ謊ㄏㄨㄤˇ的ㄉㄜ松ㄙㄨㄥ鼠ㄕㄨˇ

有一隻小松鼠一直學不會游泳，卻又怕大家知道他不會游泳而看不起他，總是謊稱自己不僅會游泳而且還會潛水。

有一天，小松鼠去小溪邊喝水，不小心掉在溪水邊，全身弄得溼答答。

當他從溪裡爬上來時，碰到猴子也來溪邊喝水。

小松鼠心想，如果說自己不會游泳，實在很沒面子，於是他撒謊說：「天氣這麼熱，我剛才在溪裡游泳，真的很消暑，涼快了不少！」

有一天，小松鼠在溪邊的樹上摘果子，一不小心掉入小溪中。

這次他沒有那麼幸運，因為剛下過一場暴雨，溪水漲了不少。

猴子見小松鼠在溪裡一上一下的掙扎，趕緊跳入溪裡把他救上岸。

猴子說：「原來你不會游泳，剛才實在很危險，差點兒溺水了呢！」

小松鼠看見其他松鼠跟鼴鼠也在旁邊圍觀，拉不下臉，故作輕鬆的說：「其實我是開玩笑的，故意裝作溺水的樣子，看你會不會來救我！」

過了幾天，小松鼠、鼯鼠跟猴子們在樹林間玩跳躍的遊戲，比賽誰能跳得高、跳得遠。

　　很不幸，小松鼠跳躍時，小樹枝因為承受不了他的重量而斷掉，小松鼠便撲通掉入溪中。

　　小松鼠因為不會游泳，只能拚命的掙扎，大聲呼救，請猴子來救他。

　　猴子對小松鼠說：「你這傢伙吃飽沒事幹，又在跟我開玩笑！」

　　鼯鼠也說：「他經常開這種玩笑真得很無聊，我們別理他。」

隔了一會兒，　松鼠已經無力掙扎，　眼見就要被水流沖走。

　　此時猴子急忙跳入水中，　把昏迷不醒的松鼠拉上了岸。

　　猴子跟鼴鼠不停的按壓松鼠圓鼓鼓的肚子，　讓他把肚子裡的水吐出來。

過了許久，松鼠終於醒來了，松鼠埋怨的說：「我們不是好朋友嗎？你們為什麼不早點兒來救我，害我差點兒沒命了！」

　　猴子生氣的說：「我以為你又在跟我開玩笑！之前你不是說自己會游泳，還會潛水嗎？原來都是騙人的！」

松鼠知道是撒謊害了自己，還差點兒害自己丟了性命。他覺得十分的慚愧，不但向猴子跟鼯鼠道歉，也虛心向他們學習游泳的技術。

智慧閃光

撒謊的人實際上是給自己挖了個陷阱，當謊言拆穿時，受害的往往就是他自己。

兒童寓言9　PG2459

啄木鳥兄弟
小學生寓言故事　心理成長篇

作者／錢欣葆
責任編輯／周政緯
圖文排版／周妤靜
封面設計／劉肇昇
內頁設計／MR.平交道
出版策劃／秀威少年
製作發行／秀威資訊科技股份有限公司
114 台北市內湖區瑞光路76巷65號1樓
電話：+886-2-2796-3638
傳真：+886-2-2796-1377
服務信箱：service@showwe.com.tw
http://www.showwe.com.tw

郵政劃撥／19563868
戶名：秀威資訊科技股份有限公司
展售門市／國家書店【松江門市】
104 台北市中山區松江路209號1樓
電話：+886-2-2518-0207
傳真：+886-2-2518-0778

網路訂購／秀威網路書店：https://store.showwe.tw
　　　　　國家網路書店：https://www.govbooks.com.tw
法律顧問／毛國樑　律師

總經銷／聯寶國際文化事業有限公司
221新北市汐止區康寧街169巷27號8樓
電話：+886-2-2695-4083
傳真：+886-2-2695-4087

出版日期／2020年8月　BOD一版　定價／260元
ISBN／978-986-98148-4-3

秀威少年
SHOWWE YOUNG

國家圖書館出版品預行編目

小學生寓言故事 : 啄木鳥兄弟. 心理成長篇 / 錢欣
葆著. -- 一版. -- 臺北市 : 秀威少年, 2020.08
　　面；　公分. -- (兒童寓言 ; 9)
BOD版
注音版
ISBN 978-986-98148-4-3(平裝)

859.6　　　　　　　　　　　　　109008254